Tyra, el hada diseñadora

A Isabella con amor

Un especial agradecimiento a Rachel Elliot

Originally published in English as
The Fashion Fairies #3: Tyra the Designer Fairy

Translated by Karina Geada

ISBN 978-0-545-72360-2

13 12 11 10 9 8 7 6 5 4 3 2 1   15 16 17 18 19/0

Printed in the U.S.A.   40

First Scholastic Spanish printing, January 2015

Tyra, el hada diseñadora

Daisy Meadows

SCHOLASTIC INC.

Palacio del Reino de las Hadas

Desfile de Moda

CENTRO COMERCIAL
El Surtidor

Trajes y Tiaras

MODA

HARTLES

↑ Salón
Circón Azul

Juguetería El Surtidor

De la moda soy el rey.
El glamour es mi ley.
Circón Azul es mi marca.
¡Todos se rinden ante el monarca!

Mis diseños algunos critican,
pero los genios nunca claudican.
Las hadas de la moda me ayudarán
y mis diseños en todas partes se verán.

Índice

Modas divertidas

—Estoy desesperada por que comience el taller de diseño —dijo Cristina Tate mientras hurgaba emocionada dentro de su bolsa—. Aquí tengo los pañuelos de colores. Voy a coser unos con otros para hacer el vestido.

—¡Te va a quedar genial! —respondió su mejor amiga, Raquel Walker—. Yo

voy a pintar un arco iris
brillante en mis jeans viejos.

—Y yo voy a almorzar
con mi amiga Moira
—dijo la Sra. Walker—.
Así que las tres pasaremos
un día muy divertido.

Acababan de llegar al nuevo Centro
Comercial El Surtidor. Cristina estaba
pasando las vacaciones con Raquel y,
desde que inauguraron el centro, no les
habían faltado momentos de emoción.
El mismo día de la inauguración habían
anunciado un concurso de diseño, y desde
entonces las chicas estaban dándoles
vueltas a algunas ideas. Después del taller
de diseño, todas las creaciones de los
concursantes serían evaluadas por el
jurado, y los ganadores podrían modelar

su ropa en un desfile de moda benéfico al final de la semana.

—Vamos por aquí —dijo la Sra. Walker—. Quedé con Moira en encontrarnos frente a la tienda Trajes y Tiaras.

Caminaban lentamente, mirando ilusionadas las vidrieras. Entonces, Raquel le dio un codazo a Cristina.

—Mira a esa mujer —dijo.

Llevaba un pantalón con una pierna larga y la otra corta.

—Y su hijo solo tiene puesto un calcetín —dijo Cristina—. ¡Qué extraño!

—Las nuevas tendencias de la moda siempre resultan raras al principio —dijo la Sra. Walker soltando una carcajada—. Miren, allí está Moira; fíjense en su chaqueta, tiene alfileres de criandera en lugar de botones. ¡Los diseñadores ya no saben qué inventar!

La Sra. Walker fue al encuentro de su amiga mientras Cristina y Raquel echaban un vistazo a su alrededor.

—Creo que estas no son nuevas tendencias de la moda —dijo Raquel—. ¡Estoy segura de que por aquí andan Jack Escarcha y sus malvados duendes!

A principios de semana, Cristina y Raquel habían viajado al Reino de las Hadas para ver un desfile de moda que Jack Escarcha y sus duendes echaron a perder. Jack había creado su propia marca de ropa llamada Circón Azul y quería que todos, humanos y hadas, vistieran sus diseños para que el mundo entero se viera igual que él.

Con una descarga de rayos helados, Jack Escarcha había robado los objetos mágicos de las hadas para llevarlos al Centro Comercial El Surtidor. Las hadas necesitaban esos objetos para poder cuidar de la moda y el buen gusto. ¡Ahora todo era un desastre!

—Las veo más tarde en el concurso —dijo la Sra. Walker—. ¡Diviértanse, chicas!

—Todavía falta media hora para que comience el taller —dijo Raquel—. Vamos a ver si podemos encontrar a los duendes.

Las hadas de la moda les habían pedido ayuda a Raquel y Cristina para recuperar los objetos mágicos. ¡Y por supuesto, ellas aceptaron gustosas! No era la primera vez que las ayudaban, pero Jack Escarcha y sus duendes eran cada vez más inteligentes y mañosos. ¿Podrían en esta ocasión encontrar los objetos mágicos restantes para salvar el desfile de moda del fin de semana?

Raquel y Cristina comenzaron su búsqueda en la tienda por departamentos Hartley's.

—No olvides mirar debajo de los estantes y detrás de las perchas —dijo Cristina—. Recuerda que los duendes pueden esconderse en espacios muy pequeños. Podrían estar en cualquier parte.

Raquel empezó a revisar un anaquel de blusas mientras Cristina, arrodillada, miraba debajo de un estante.

—Mira esto —dijo Raquel mostrando una blusa llena de enormes agujeros—. ¡Qué desastre!

Cristina negó aturdida sin poder creer lo que acababa de ver. Cuando fue a ponerse de pie, tropezó.

—¿Estás bien? —preguntó Raquel apresurándose a socorrer a su amiga.

—No fue nada —dijo Cristina—, pero ¿con qué tropecé? Al bajar la vista, notaron que unos pantalones colgados en una percha llegaban hasta el suelo.

—¡Esos pantalones son demasiado largos! —dijo Raquel—. Esto es obra de los duendes. ¡Tenemos que encontrarlos y detenerlos!

En cada rincón de la tienda había montones de ropa mal diseñada, rota o con manchas. Siguieron buscando hasta detenerse frente a una colección de otoño.

—¡Mira esto! —exclamó Cristina.

El maniquí que tenían delante tenía rasgados los jeans por la parte de atrás. Las chicas miraron alrededor para comprobar si el resto de los maniquíes también tenía ropa dañada. Entonces, Raquel notó algo extraño en uno con un vestido largo color bronce.

—Ese vestido parece brillar —dijo—. Abajo, por el bolsillo derecho. ¿Lo ves?

—¡Sí! —respondió Cristina, acercándose—. Parece… ¡magia!

Un taller preocupante

Dentro del bolsillo del vestido vieron una nubecilla de polvo chispeante. Un segundo después, apareció Tyra, el hada diseñadora.

—¡Hola, Tyra! —dijeron las chicas alegremente.

Tyra se veía preciosa con su falda de vuelos y tirantes con estampado de leopardo. Sin embargo, sus ojos oscuros reflejaban una enorme preocupación.

—¡Hola, Cristina y Raquel! —dijo Tyra—. Vine a recuperar mi cinta métrica mágica. La tienen Jack Escarcha y sus duendes. Dondequiera que voy veo ropa horrible que no le queda bien a nadie y me entristece no poder hacer mi trabajo.

—También hemos visto algunas modas extrañas —dijo Cristina—. No te preocupes, Tyra. Nosotras te ayudaremos. Hemos estado buscando a los duendes desde que llegamos al centro comercial.

—¿Han visto alguno? —preguntó el hada.

—Todavía no —dijo Raquel—, pero seguiremos buscando.

—Pero ahora tenemos que ir al taller

de diseño —dijo Cristina mirando su reloj—. ¡Está a punto de comenzar!

—¿Y qué hacemos con Tyra? —preguntó Raquel.

—No se preocupen —dijo Tyra colándose en la bolsa llena de pañuelos de Cristina—. Me esconderé aquí. ¡Qué colores tan espectaculares, Cristina!

Las chicas se dirigieron de prisa hacia la enorme fuente del centro comercial. El

área estaba llena de chicos y chicas sentados en largas mesas abarrotadas de cintas, lentejuelas y materiales de colores de diferentes texturas y tamaños.

—¡Mira, ahí está Jessica Jarvis! —dijo Raquel en cuanto vio a la supermodelo que estaba ayudando a organizar el concurso.

—Y también está Emma McCauley —añadió Cristina al ver a la famosa diseñadora. Las dos celebridades estaban preparando la última mesa del taller. Mientras Raquel y Cristina buscaban dos sillas vacías, notaron que Emma se miraba los brazos asombrada.

—¡Cielos, esta chaqueta tiene
una manga más larga que la otra!
—exclamó—. ¿Cómo no me di cuenta?
¡Qué vergüenza!

—Nadie se dará cuenta si doblas las
mangas hacia arriba —dijo Jessica—.
Peor estoy yo… ¡me puse cada zapato de
un color diferente!

Raquel y Cristina se sentaron con
otros chicos en una de las mesas. Todos
hablaban con entusiasmo y nadie parecía
haber notado los insólitos errores en el
atuendo de las celebridades.

—No veo ningún duende por aquí
—murmuró Raquel—. ¡Espero que se
mantengan lejos del taller!

Tyra se asomó por la parte superior de
la bolsa de Cristina.

—Estoy muy preocupada —dijo

frunciendo el ceño—. Si Jessica
y Emma son un desastre,
cualquier cosa es posible.

En ese momento, Emma
dio unas palmaditas y todos
los chicos hicieron silencio.

—Hola —dijo Emma—. ¡Qué bueno
que hayan venido al taller de diseño!
Algunos de ustedes ya me conocen, saben
que soy diseñadora y que estoy enamorada
de mi profesión. ¡Todos los días hago un
trabajo que me encanta!

Sus ojos brillaban de emoción. Raquel
se dio cuenta de que se había subido las
mangas.

—Cuando estoy diseñando un vestido
nuevo, lo primero que hago es dibujarlo
en un papel —agregó Emma—. Luego
elijo la tela que quiero usar, la mido

cuidadosamente y, por último, voy cosiendo las piezas para hacer el vestido.

A Cristina le pareció tan interesante la explicación que sintió cosquillas en los dedos de las ganas de empezar.

—Me gustaría presentarles a Mabel —dijo Emma.

La diseñadora acercó un maniquí color púrpura de tamaño natural. En la espalda tenía una esfera que parecía un reloj con números alrededor.

—Al girar esta esfera puedo alterar el tamaño del vestido de Mabel —continuó Emma—. O sea, puedo diseñar ropa para personas de todos los tamaños.

Emma repartió algunos de sus bocetos para que todos conocieran el proceso de hacer un diseño.

—En sus mesas hay papeles y lápices —anunció—. Comiencen a dibujar sus diseños y yo iré asesorando a quien lo necesite.

Cristina y Raquel tomaron sus lápices y se pusieron manos a la obra. Habían imaginado sus diseños tantas veces que les era muy fácil dibujar cada detalle.

—Me encanta tu vestido —dijo Raquel mirando el dibujo de Cristina.

—Y yo me compraría esos jeans si los viera en una tienda —respondió Cristina con una sonrisa.

—Yo también —dijo una voz detrás de ellas.

Cuando se voltearon, vieron a Emma.

—Creo que los dos diseños son fantásticos —dijo la diseñadora—.

Déjenme ayudarlas a medir los pañuelos y los jeans. Sacó una cinta métrica y la extendió a lo largo de los pantalones de Raquel. Entonces tomó un pequeño lápiz blanco.

—Este es un lápiz especial de corte y costura. Lo uso para marcar las medidas sin dañar la ropa. —Se inclinó hacia delante y frenó en seco—. ¡No lo puedo creer!

Duendes de azul

—Miren los números de mi cinta métrica —dijo Emma—. ¡No están en orden!

Raquel y Cristina miraron la cinta métrica. Efectivamente, todos los números estaban en el orden equivocado.

—Eso es porque la cinta métrica de Tyra ha desaparecido —susurró Cristina.

—¿Qué vamos a hacer sin una cinta métrica? —preguntó Raquel preocupada.

—No se preocupen. ¡Puedo enseñarles un par de trucos! —dijo Emma guiñándoles un ojo a las chicas y sacando una bola de hilo de su bolsillo—. Pueden marcar las medidas utilizando un cordel —añadió—. Funciona perfectamente.

En cuanto Emma se alejó, Tyra se asomó por la parte superior de la bolsa.

—Mientras ustedes terminan sus diseños voy a dar una vuelta a ver si encuentro a algún duende —dijo—. Hay una hermosa cesta de flores colgando de la baranda del segundo piso, desde allí podré ver la fuente y también a ustedes.

El hada salió volando y las chicas comenzaron a hacer sus diseños.

Raquel se concentró en dibujar el arco iris en sus jeans con una pintura brillante, mientras Cristina cosía los pañuelos.

Al poco rato, las chicas escucharon un grito en la mesa de al lado, y al voltearse, vieron a un niño sosteniendo una camiseta gigante. En ese momento, Raquel miró sus jeans.

—¡Ay, no! —exclamó—. Las franjas del arco iris están torcidas.

Cristina pasó
el brazo por
encima del
hombro de
su amiga.

—Te
ayudaré a
arreglarlas
—dijo
intentando

calmarla—. Voy a probarme mi vestido
y cuando regrese pintaremos las franjas
juntas.

Cristina tomó su vestido y se dirigió a
un probador. Minutos más tarde salió del
mismo sonriendo.

—Se ve espectacular —exclamó
Raquel.

Cristina se paró frente al espejo y miró detenidamente su creación. Entonces, su sonrisa se desvaneció.

—¡El dobladillo está disparejo! —gimió—. Mira, Raquel, está más largo del lado izquierdo que del derecho… y lo medí con tanto cuidado.

Cristina regresó al probador para cambiarse de ropa. Al salir y acercarse a la mesa de su amiga, Raquel se llevó un dedo a los labios para que hiciera silencio.

—¿Oyes algo? —le preguntó Raquel a Cristina un minuto después.

Cristina aguzó el oído. Entre las voces de los otros chicos se escuchaba un sonido débil que parecía el tintineo de unas campanas.

—¡Cristina! ¡Raquel!

—¡Es Tyra! —dijeron las chicas al unísono.

Levantaron la vista y vieron al hada en la cesta de flores. Les hacía señas y tenía apoyada la varita mágica en la garganta.

—Debe de estar usando magia para que podamos escucharla —dijo Cristina.

—Y está señalando algo por allí —añadió Raquel—. ¿Qué habrá visto?

El hada señalaba a un grupo de chicos que acababa de sentarse en una de las mesas del taller. Los cuatro llevaban trajes azules brillantes con enormes hombreras y pantalones ajustados.

—¡Mira qué zapatos más grandes llevan! —dijo Cristina—. Son duendes, estoy segura.

—Debe de ser eso lo que nos quería decir Tyra —dijo Raquel—. Vamos a acercarnos más. Tenemos que averiguar qué están haciendo.

En la mesa de los duendes había una montaña de telas en diferentes tonos de azul. Al lado tenían un maniquí sobre ruedas que no se parecía en nada a Mabel, el maniquí púrpura de Emma. El maniquí de los duendes era alto y azul. Y cuando lo voltearon, a Cristina se le cortó la respiración.

¡El maniquí lucía exactamente como Jack Escarcha!

De repente, Cristina sintió un cosquilleo en la nuca. Tyra había abandonado la cesta de flores y se había escondido en su pelo.

—¿Puedes ir con Raquel a un sitio más apartado? —le murmuró Tyra a Cristina al oído—. Creo que si las convierto en hadas será más fácil encontrar la cinta métrica mágica.

Cristina tocó el brazo de su amiga.

—Tyra quiere convertirnos en hadas —le dijo en voz baja—. Escondámonos en el probador.

Las chicas pidieron permiso para ir hasta el probador y salieron apresuradas. Una vez en el probador, Tyra agitó su varita mágica sobre ellas y Raquel y

Cristina sintieron un cosquilleo mientras una colorida nube de polvo mágico las cubría. En un abrir y cerrar de ojos, eran del tamaño de las hadas.

Entonces, Raquel, Cristina y Tyra salieron volando del probador y se dirigieron hacia la mesa de los duendes teniendo mucho cuidado de no ser descubiertas.

—Vamos a escondernos aquí —dijo Raquel, deslizándose bajo una pila gigante de tela azul—. Así podremos escuchar todo lo que dicen los duendes.

Caos en el centro comercial

Los duendes no paraban de hablar y reír. Se sentían muy orgullosos de sí mismos.

—¿Alguien necesita ayuda? —les preguntó Jessica, que justo en ese momento pasaba por la mesa.

—¡No si viene de ti! —respondieron los duendes groseramente.

Jessica los miró sorprendida y luego se alejó.

—A Jack Escarcha le encantará esta ropa —dijo un duende de baja estatura y nariz larga—. Seguramente nos recompensará por esto.

—Creo que la pieza que más le gustará fue la que yo hice —dijo otro que tenía un pañuelo azul alrededor de la cintura.

—De eso nada —dijo un tercer duende

que tenía un sombrero de copa azul en la cabeza—. La mía está mucho mejor.

—Cada duende está haciendo una pieza diferente de un traje —notó Cristina—. Miren, aquel está haciendo el cuello y este otro una pierna del pantalón.

—¡Qué manera tan disparatada de trabajar! —dijo Tyra frunciendo el ceño.

—Dame esa cinta métrica —exigió un duende flaco con un grano en la punta de la nariz.

—¿Cuál es la palabra mágica? —reclamó el duende del pañuelo en la cintura.

—¡AHORA! —gritó el duende flaco.

Después de un forcejeo, el duende flaco le arrebató al otro una brillante cinta métrica dorada. A Tyra se le cortó la respiración.

—¡Esa es mi cinta métrica! —dijo apretando el brazo de Raquel—. ¡La encontramos!

—Por eso los duendes tienen mejor suerte con sus diseños —dijo Cristina—. Tu magia los está ayudando, Tyra.

—¡Se acabó! —anunció el duende flaco—. Ya terminé. Vamos a unir las piezas del traje.

Los duendes se agruparon alrededor del maniquí y comenzaron a vestirlo.

—Dejaron la cinta métrica mágica encima de la mesa —dijo Cristina—. Esta es nuestra oportunidad de recuperarla.

Las tres hadas se acercaron a la cinta dorada, sin alejarse mucho de la montaña de tela en caso de que necesitaran ocultarse rápidamente. Los duendes terminaron de coser las piezas y

dieron un paso atrás
para contemplar
su creación.

—¡Es una
obra de arte!
—exclamó el
duende flaco.

—A Jack
Escarcha le va
a encantar —afirmó el
de la nariz larga.

—¡No están mirando! —susurró
Tyra—. ¡Ahora o nunca!

Cristina extendió la mano y alcanzó
a tocar el borde de la cinta métrica.
Comenzó a halarla hacia ella, pero justo
en ese momento el duende de la nariz
larga pegó un grito.

—¡Me toca a mí llevar la cinta

métrica! —dijo agarrándola—. Ustedes
la han tenido todo el día.

—¡De eso nada! —gritó
el duende del sombrero de
copa—. ¡Me toca a mí!

—¡A mí! —gritaron
los otros dos.

El duende de la
nariz larga sacó la
lengua y se echó a correr por el centro
comercial.

—¡Atrápalo! —gritó el duende con el
pañuelo en la cintura.

Salieron corriendo tras él y las tres
hadas se sumaron a la persecución.

El duende de la nariz larga corría
demasiado rápido, y los otros lo seguían
a toda velocidad, sin importarles con
quién tropezaban en el camino.

Sus gritos y chillidos hicieron que todos los miraran.

—¡Ay, esos duendes horribles! —dijo Tyra—. ¡Están causando tantos problemas!

Raquel y Cristina no le pudieron responder. Necesitaban toda su energía para volar lo más rápido posible.

Los duendes entraron a la tienda Trajes y Tiaras. El duende del pañuelo en la cintura se enredó con una percha de la que colgaban varios vestidos de novia y terminó envuelto en un atuendo de seda color marfil. Al verlo, los otros soltaron fuertes carcajadas.

—¡Niños traviesos! —gritó el encargado de la tienda—. ¡Fuera de aquí!

Mientras los duendes corrían, Raquel y Cristina vieron a una novia que salía del probador. Tenía los ojos llenos de lágrimas. Una enorme mancha rosada cubría el frente de su vestido.

—¡Está manchado! —decía entre sollozos—. ¿Ahora qué voy a hacer?

A las chicas se les encogió el corazón al verla, pero no tenían tiempo para detenerse a ayudarla. Siguieron volando tras los duendes que se habían escurrido en la peletería Pura Comodidad. Los zapatos volaban por el aire mientras los duendes atravesaban los pasillos. La tienda era un caos. Los clientes gritaban

mientras el gerente se halaba el pelo y pedía ayuda por teléfono.

—¡Ningún zapato tiene pareja! —decía desesperado—. Hay un montón de clientes enojados.

Las chicas primero revolotearon sobre su cabeza y luego persiguieron a los duendes hasta el almacén al final de la tienda. El duende del sombrero de copa se quedó atrás, distraído entre tantos zapatos. Se estaba probando una bota color púrpura y un zueco de lunares verdes. ¡Pero los otros duendes habían desaparecido!

Un maniquí travieso

—Miren, al fondo hay una puerta —dijo Cristina.

—¡Y está a punto de cerrarse! —gritó Tyra alarmada—. ¡Rápido, chicas!

Las tres hadas se abalanzaron hacia la puerta y lograron pasar a través de ella cuando solo faltaba una pulgada para que se cerrara. Raquel sintió el roce de la misma en sus alas.

—¡Por poco! —resopló.

La puerta daba a la fuente del centro comercial, del otro lado del taller de diseño. Los tres duendes correteaban alrededor de la fuente con tanta rapidez que parecían manchas azules.

—¿Cómo podemos detenerlos? —preguntó Tyra.

Raquel miró a su alrededor. Cerca estaba la heladería Caramelo ofreciendo muestras de distintos sabores de helado.

—Tengo una idea —dijo—. Tyra,
¿puedes usar tu magia para que todos los
helados sean de color azul? Si distraemos
a los duendes podríamos recuperar la
cinta métrica.

El hada asintió y lanzó un chorro de
chispas con los colores del arco iris sobre
la bandeja que estaba a la entrada de la
heladería.

Al instante, todos los
sabores se veían del
mismo color y,
segundos después,
el duende con el
pañuelo en la
cintura ya estaba
sobre la bandeja.

—¡Helado! ¡Qué
rico! —exclamó—. Es

del mismo color que la
ropa de Circón Azul.
¡Tengo que probarlo!

El duende flaco se le
unió y pronto los dos
estaban devorando los
helados.

—Son tan glotones —dijo Tyra—.
¡Arrasarán con todos!

—Pero, ¿dónde está el duende con la
cinta métrica? —preguntó Raquel.

—¡Ahí va! —exclamó Cristina.

En lugar de ir a devorar el helado como
los otros, el duende de la nariz larga salió
corriendo al taller de diseño con la cinta
métrica mágica.

—Seguramente querrá terminar el traje
de Jack Escarcha —dijo Tyra, y suspiró

decepcionada—.
¿Cómo
recuperaremos
la cinta
métrica?

Cristina
vio al duende
comenzando
a dar las
puntadas finales
al traje. Se veía
muy feliz con su
obra, y eso le dio
una idea.

—Tengo un plan —dijo—. Tyra, ¿nos
puedes regresar a nuestro tamaño normal?
Creo que si lo adulamos un poco, tal vez
consigamos distraerlo.

Las chicas se
escondieron
detrás de una
enorme maceta
junto a la fuente
y el hada volvió
a agitar su varita.
De pronto, Raquel
y Cristina eran

nuevamente de su tamaño. Tyra se
ocultó otra vez bajo el cabello de
Cristina. Las chicas se acercaron a la
mesa del duende.

—¡Qué diseño tan maravilloso! —dijo
Cristina en voz alta.

—Quien diseñó este traje debe de ser
muy talentoso —añadió Raquel.

El duende de la nariz larga se irguió
eufórico.

—Pues fui yo
—dijo altanero.

—¡Quedó
increíble! —dijo
Raquel—. ¿Es
para ti?

El duende negó
con la cabeza.

—¡Qué lástima!
—dijo Cristina—. ¡Eres tan apuesto! A ti
se te vería fabuloso.

—Tienes razón —dijo el duende, y
soltó un suspiro.

—Deberías ajustarlo a tu medida
—comentó Raquel en voz baja.

El duende miró a Raquel, sus manos
acariciaron el traje lentamente… hasta
que se llenó de entusiasmo y comenzó a
reducirlo a su tamaño.

—¿Quieres que lo mida? —preguntó Raquel mirando esperanzada la cinta métrica.

—No, eso es mío —saltó el duende aferrando con fuerza la cinta. Luego tomó el traje y se fue al probador para cambiarse.

En cuanto corrió la cortina, Raquel se volteó hacia su amiga desesperada.

—¿Y ahora qué vamos a hacer? —susurró.

—Rápido, ayúdame a mover el maniquí hacia el probador —dijo Cristina.

El maniquí de Jack Escarcha se movía fácil y silenciosamente sobre sus ruedas.

—Tyra, ¿puedes imitar la voz de Jack Escarcha? —preguntó Cristina en voz baja—. Si el duende cree que el verdadero Jack Escarcha está aquí, podría entregar la cinta métrica.

El hada agitó su varita, pero justo en ese momento se corrió la cortina del probador y salió el duende.

—¡Eso fue rápido! —exclamó Cristina, que sin perder ni un minuto empujó el maniquí hacia el duende.

—Dame la cinta métrica mágica, tonto —dijo Tyra imitando la voz de Jack Escarcha.

El duende se quedó inmóvil y sus ojos casi se le salieron del rostro. Lo único que veía era a Jack Escarcha avanzando a toda velocidad hacia él.

—¡Auxilio! —chilló.

Lanzó la cinta métrica al aire y salió corriendo. El maniquí siguió rodando hasta chocar contra el probador, y Tyra extendió su mano para atrapar la cinta métrica mágica que

inmediatamente se redujo a la medida del hada.

—¡La tengo! —gritó feliz.

Raquel y Cristina estallaron en carcajadas pues Tyra seguía hablando con la voz de Jack Escarcha.

Las chicas regresaron corriendo al taller de diseño. La mayoría de los chicos ya había terminado sus trajes.

—Faltan cinco minutos —anunció Jessica.

—¡Ay, no! —gritó Raquel—. No nos alcanzará el tiempo para arreglar nuestros diseños.

¡Participante sorpresa!

—No permitiré que eso suceda —dijo Tyra, que se había vuelto a esconder en el cabello de Cristina—. Les hubiera alcanzado el tiempo si no hubieran tenido que ayudarme. Me parece justo que ahora sea yo quien las ayude a ustedes.

Agitó su varita y de pronto apareció un pañuelo perfecto sobre el dobladillo del vestido de Cristina y varios tubos de pintura junto a los jeans de Raquel.

Rápidamente, las chicas se pusieron a trabajar. Enmendaron los problemas lo más rápido que pudieron. Raquel acababa de dibujar la última franja del arco iris cuando Jessica dio una palmada.

—¡Se acabó el tiempo! —anunció—. Gracias a todos por trabajar tan duro. Es hora de prepararse para el concurso.

—Los diseños de todos lucen espectaculares —dijo Cristina mirando a su alrededor.

—Gracias a ustedes —dijo Tyra usando su magia para secar rápidamente los jeans de Raquel—. Hubieran quedado desastrosos si no me hubieran ayudado a recuperar mi cinta métrica. ¿Cómo podría agradecerles?

—Ya lo hiciste —dijo
Raquel mirando sus
jeans—. ¡Ha sido muy
divertido!

—Tengo que llevarme la
cinta al Reino de las Hadas
—dijo Tyra—. Adiós, chicas.
¡Buena suerte en el concurso!

El hada revoloteó sobre la
fuente, se despidió con la mano y
desapareció en una nube de polvo
mágico con los colores del arco iris.

El centro comercial era una locura.
De pronto comenzaron a llegar muchas
personas para ver el concurso. Se iban
agrupando alrededor de la fuente mientras
los participantes se cambiaban de ropa.
El vestido de Cristina se veía fabuloso y
la pintura en los jeans de Raquel brillaba

con las luces. Las chicas se sentían muy orgullosas de sus diseños.

—Mira, ahí está tu mamá —dijo Cristina.

Saludaron a la Sra. Walker y a su amiga Moira.

Habían construido una pequeña pasarela junto a la fuente y todos los concursantes

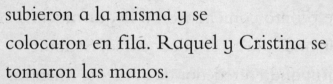

subieron a la misma y se colocaron en fila. Raquel y Cristina se tomaron las manos.

Jessica y Emma caminaron hacia la pasarela junto a un hombre de baja estatura vestido con un traje gris oscuro.

—Señoras y señores, chicos y chicas, bienvenidos al concurso de diseño —dijo Jessica con una sonrisa radiante—. Los concursantes han trabajado arduamente en sus  diseños y ahora nos toca a nosotros elegir cuáles de ellos participarán en el desfile de moda al final de la semana.

Emma dio un paso al frente.

—Jessica y yo seremos el jurado del concurso junto a Owen Jacobs, gerente de la tienda por departamentos Hartley's. Por favor, sean pacientes mientras deliberamos.

Los tres jueces comenzaron a caminar

entre los concursantes. Examinaban cuidadosamente cada diseño. Pero sólo habían estudiado un par de ellos cuando sintieron una algarabía entre la multitud. Un nuevo participante hacía su entrada tardía a la pasarela. Tenía el pelo de punta y una mueca desagradable.

—¡Es Jack Escarcha! —gritó Raquel.

Jack Escarcha se coló en la fila de concursantes empujando y dando codazos. Llevaba el traje que los duendes habían hecho para él, pero le quedaba demasiado pequeño. Los jueces lo miraron sorprendidos.

—Bueno, al menos lo intentaste —le dijo Owen a Jack Escarcha—, pero te queda demasiado ajustado.

Jack Escarcha entrecerró los ojos.

—Deberías tener más cuidado al tomar las medidas —dijo Jessica amablemente.

Jack Escarcha frunció los labios.

—Tal vez se vería mejor en uno de tus compañeros de equipo —sugirió Emma.

Cuando Jack Escarcha escuchó esto último, casi le sale humo por las orejas.

—¡No saben lo que están diciendo! —rugió—. ¡Les voy a enseñar lo que es la moda de verdad! ¡Esperen y verán!

Se volteó echando chispas y, de pronto, algo se desgarró. Una enorme abertura

apareció en la parte de atrás de los
pantalones de Jack Escarcha.

—¿Qué quiso decir con eso?
—murmuró Cristina pensando en las
palabras que acababa de decir el
diseñador de Circón Azul.

Pero a Raquel no le dio tiempo a
responder. ¡Los jueces estaban ahora
frente a ellas! Las chicas contuvieron la
respiración mientras Jessica, Emma y
Owen estudiaban sus diseños.

—Estos se ven fabulosos —dijo
Owen—. Me gusta especialmente el
toque creativo del vestido de pañuelos.

—Y los detalles en el arco iris son
maravillosos —le dijo Emma a Raquel
con una sonrisa.

—Nos encantaría que modelaran sus
trajes en el desfile de moda al final de la

semana —añadió Jessica—. ¡Han hecho muy buen trabajo las dos!

Las chicas se abrazaron llenas de emoción. En la multitud, la Sra. Walker sonreía y aplaudía sin cesar.

—¡Estoy tan emocionada! —susurró Raquel cuando se alejaron los jueces—. Solo espero que podamos detener a Jack Escarcha antes del desfile. Todavía debemos encontrar cuatro objetos mágicos.

—Por supuesto que los encontraremos —dijo Cristina con firmeza—. ¡Las hadas confían en nosotras y no las vamos a defraudar!

RAINBOW magic™

LAS HADAS DE LA MODA

Cristina y Raquel ayudaron a Tyra
a encontrar su cinta métrica mágica.
Ahora les toca ayudar a

Alexa,
el hada reportera de moda

Lee un pequeño avance del siguiente libro…

Moda
mágica

—¿Qué nombre le pondremos a nuestra
revista de moda, Raquel? —preguntó
Cristina dando golpecitos con el lápiz
sobre su cuaderno de dibujo—. No se me
ocurre nada.

Las chicas estaban en el hermoso
jardín que rodeaba el Centro Comercial
El Surtidor, un enorme edificio de cromo

y cristal. Cristina se estaba quedando en casa de Raquel durante las vacaciones y la Sra. Walker las había llevado a la gran apertura del complejo de tiendas a principios de esa semana.

El día anterior, las chicas habían asistido a un taller de diseño y habían participado en un concurso. Les había gustado tanto diseñar ropa que decidieron crear su propia revista de moda. Estaban sentadas sobre una manta que habían colocado en el césped lleno de hojas rojas, amarillas y anaranjadas, rodeadas de cuadernos de dibujo y lápices de colores.

Raquel estaba terminando el boceto de una camiseta.

—No estoy segura —respondió mirando como caían las hojas de los árboles—. *¿Moda para Chicas?*

—¿Qué les parece *Modas Fantásticas*? —sugirió el padre de Raquel. Estaba sentado cerca, en un banco del parque, leyendo un periódico.

—¿Y *Modas Fabulosas*? —dijo Cristina, y enseguida negó con la cabeza—. No, eso no es lo suficientemente especial. ¿Y qué tal *Moda Mágica*?

—¡Perfecto! —dijo Raquel con una sonrisa.

Se levantó con su cuaderno de dibujo para mostrarle a Cristina el boceto de la camiseta. Era anaranjada brillante y al frente decía El Surtidor en letras doradas y rojas. También había añadido un dibujo de la espectacular fuente que estaba en medio del centro comercial.